몸이 기억하고 있다

몸이 기억하고 있다

초판 1쇄 발행 | 2024년 7월 5일

지은이 | 이한주
펴낸이 | 황규관

펴낸곳 | (주)삶창
출판등록 | 2010년 11월 30일 제2010-000168호
주소 | 04149 서울시 마포구 대흥로 84-6, 302호
전화 | 02-848-3097
팩스 | 02-848-3094

이 책은 경기도, 경기문화재단의 지원을 받아 발간되었습니다.

몸이 기억하고 있다

이
한
주
시
집

삶창

시인의 말

약력을 보내 달라는 편집자의 요청에
전 시집 『비로소 웃다』를 참고해서
현재 1호선 전동열차 승무원으로 일하고 있다,
고 마무리를 했는데
생각해보니 책이 나오는 7월은
더 이상 전동열차 차장이 아니어서
마지막 문장을 지웠다.

첫 월급을 받고서도
오래 다닐 자신이 없어서
3년짜리 적금을 들지 못했는데

31년

내가 대견하다.

곁을 지켜준 동료들이 고맙다.
그리고 어머니

쿵! 넘어지셔서
우리 형제들을 일으켜 세운 어머니는

막내의 詩集이라고
더 빠르게 읽어 내려가지는 못하시리라.

한 자 한 자
손가락으로 짚어가면서

몸
이
기
억
하
고
있
다

몇 장 넘기시다가
아이고 모르겠다, 덮으시리라.

그러시라.
아무 일 없다는 듯이 건강하시라.

차례

1
부

1호선 전동열차 차장

세상이 앞만 보고 달릴 때
나는 늘 뒤돌아 있었다

넘어지는 사람은 없는지
흘리고 가는 것은 없는지
언제라도 손 내밀 준비를 하며
뒷걸음질로 다시 살피며 간다

화서역

20년 넘게 차를 타면서
수천 수만 번
전동차 출입문을 열면서
내리실 문이 왼쪽인 화서역
나는 그 오른쪽 풍경을 모른다

성균관대역을 지나면
오감이 먼저 왼쪽으로 기울어
모두들 타고 내리는 동안
9-3 출입문 쪽 삐뚤게 걸린 현수막까지
별 걸 다 참견하면서도
고개만 돌리면 볼 수 있는
화서역 오른쪽 세상을 나는 모른다

전동차 차장인 내게
화서역 오른쪽은 금단의 구역
눈길 주다가
깜박 오른쪽 문을 열면

안전판이 없는 그곳은 낭떠러지

화서역 오른쪽에도
가지 많은 나무 바람 잘 날 없겠지
삐뚤게 걸린 현수막은 없더라도
그래도 그곳에 꽃은 피겠지
새는 울겠지

우공이산

수원에서 서울로 가는 사람들이
부지런히 오르고 내리는 곳
구로역 1번 홈
엘리베이터도 없는데
어쩌자고 신문을 가득 실은 수레가 내린다

저걸 어떻게 옮기지
제 키보다 높은 가판용 뭉치들
계단 앞에 부려놓는 구부정 노인
제 한 몸 건사도 힘들 것 같은데
덜어지지 않는 삶의 무게를 지고
저 까마득한 계단을 어떻게 오르지

얼마나 오르내려야 다 옮겨지려나
한 발 물러서서 셈하고 있는데
객실에서 싸우던 사람들이
싸운다고 민원을 넣던 사람들이
괜한 일에 말려들까 거리를 두던 사람들이

누가 먼저랄 것도 없이
한 뭉치씩 쥐고
요지부동 태산을 옮긴다

광운대행 열차

덥다는 민원이 들어왔다고
관제에서 전화를 한다
알겠다고 냉방기를 한 칸 더 높이는데
전화를 끊기도 전에
다시 춥다는 민원이 들어왔다고
어떡하면 좋겠냐고 묻는다

어떻게 하면 좋을까
선교 활동이 시끄럽다고 비상 부저가 울리고
취객끼리 싸운다고 경찰 불러달라고 하고
약속 시간 늦겠다고 빨리 가 달라며
잘 가는 열차 세우기도 하지만
너무 덥거나 춥지 않게
빠르지도 늦지도 않게

오늘도고객여러분의편안한여행을위하여
갈 지 자로
제 갈 길을 가는

신창발 광운대행 열차

1호선

환절기 객실 온도 조절은
천 명의 체온계에
천 개의 눈금을 맞추는 일

너무 덥거나 춥지 않게
애매하게
그중 하나 삐끗해서
객실 비상 부저가 울리면

항온계가 무너진 고객을 찾아
적당히 맞춘 천 개의 눈금을
하나로 모으는 일

윙윙윙
다음 비상 부저가 울릴 때까지

관악역에서

문을 닫고 출발 부저 누르려는데
헐레벌떡 계단을 뛰어내려 온다
못 본 체 그냥 출발하면 되는데
객실 안은 터질 듯해서 더 태울 수 없는데
다시 출입문을 연다
눈앞에서 열차를 놓쳐
속상해 할 청춘의 아침을 위해
열차 출입문 40개 스크린 도어 40개
튕겨 나올 듯한 80개 문을 연다

어리둥절해 하다
꾸벅 인사를 하고 타는 그에게
부끄러워 부끄러워
눈을 마주치지 못했다
세상을 바꾸겠다는 노동자로
평생 살아왔는데
내가 해줄 수 있는 게
지옥철의 문을 한 번 더 열어주는 거였구나

몸이 기억하고 있다

74일 동안 광장을 떠돌다가
늦은 여름이 겨울 되어 돌아왔건만
누구 하나 버선발로 뛰어나오지 않는다
등 떠밀려 들어온 바짝 약이 오른 파업 복귀
한 놈만 걸려라 도끼눈 치켜뜨는데
급하게 벗어놓았던 작업복은
자다 나온 듯 뒷머리 긁으며
이제 오냐고 한다
마치 어제저녁 퇴근했다
오늘 다시 출근하는 것처럼
행로수첩도 시간표도 가방도
모두들 제자리에서
까딱 고개만 돌려 맞는다

다시 새벽 출근이 끔찍하기만 한데
지하 구간이 낯설기도 하련만
두어 달 만이니 적응할 시간을 달라고
투정도 하고 하소연도 하고 협박도 하면서

웅크린 마음 펴질 시간이 필요했는데
덜컹이는 운전실
벗어나고만 싶었던 그놈의 운전실을
몸이 먼저 자리 잡고 앉는다

천안

천안행 열차를 탈 때마다
웃는 연습을 한다
그녀가 천안에 산다는 풍문을 듣고부터
옷깃을 여미고
측창문에 기대어 방송을 한다

이번에 정차하는 역은 (그녀가 살지도 모를)천안
(한번쯤은 보고 싶은)천안역입니다 차 안(마음속)에
두고(깊이) 내리시는(생각나는) 물건(그리움)은 없으
신지 주위를 살펴보시고(저 여깄어요!) 한 분도 빠짐
없이(당신만) 내려(남아) 주시기 바랍니다

작은 키 말고
이제 얼굴도 희미해지지만
누군가는 오래된 그리움 한 조각
남겨놓고 내리시라고
두근두근 가슴이 뛴다

오산역

빠르고 바쁜 것들은 못 본 체 지나치고
맘 약한 몇몇만 멈춰 서는 오산역
개찰구 문을 열면
고단을 이고 계단을 오르던 사람들
기다렸다는 듯이 보따리를 풀어 놓는다
묻고 또 묻고
가장 잘 보이는데 큼지막하게 붙여 놓은 것들을
믿지 못하고
20년 전동차 차장을 하다가 쫓겨온 내게
조치원 가는 차가 맞는지 다시 묻는다
손에 쥔 기차표보다
초짜 역무원 한마디에
안심하고 계단을 내려서는 사람들
그들의 불안을 오산역 기둥에 단단히 묶어 두고
안녕히 잘 가시라 배웅 인사 하는데
한 달 전 아내를 여의었다는 초로의 사내가
다시 돌아갈 길을 찾아 서성이는 내게
이제 어떻게 살아야 하냐고 묻는다

오병이어*

뭐라도 하고 싶었다
풍찬노숙을 함께한
동료들이 고마워
내가 잘할 수 있는 걸 찾았다

74일간 이어온 파업이 끝나고
발걸음 뜸한 지부 밴드에
도움이 되거나 재밌거나
가져오고 오려 붙인 1인 잡지

떡 다섯 점과 생선 두 마리
한 사람 허기라도 채울 수 있으려나
멍석 한 장 깔았는데
꾸벅 인사하고 지나치던 사람들이
알아서 쌀을 씻고 불을 붙인다

시를 좋아하는 사람은 시를
산을 잘 타는 사람은 산행을

그림을 배우는 사람은 그림을

퀴즈를 즐기는 사람은 퀴즈를

서울을 잘 아는 사람은 서울 나들이를

저마다 가진 걸 내놓고 차린

소박한 한 끼 밥상

100명의 독자가

100명의 작가가 되는 오병이어

* 오병이어 : 2016년 74일간 철도 파업 이후 병점 열차지부 밴드에 올리는 1인
잡지. 2016년 12월부터 주간, 월간으로 2024년 6월 현재 147호 발행.

존중

교대를 했는데
객실 안이 조금 덥다

냉방기를 조절하며 왔을
교대 차장이 들리지 않을 때까지

잠시 기다렸다
소리 나는 에어컨을 켠다

명퇴

적금을 붓고
연금도 알아보고
10년 전부터 명예로운 퇴직을 꿈꿨다
명퇴금으로 빚을 갚고
빈둥빈둥 놀 사무실을 얻고
하고 싶지 않은 일은 하지 않으면서 살고 싶었다

그만둔다는 소식을 듣고
정년까지 같이 가자던 동료들이
할 일이 있냐고 묻는다
이제 나를 위해 살아보겠다고 하니까
얼마나 가겠냐고 웃는다

나도 그럴 것 같아서
아무 계획이 없는
퇴직 후 계획을 말하지 못하고
웃는다

끝

마침표를 찍지 않는다
마침표가 없어도
알 사람은 안다
할 만큼 했고
여기까지라는 것

더 이상 나아가지 않는다고
걸림돌을 놓고
서둘러 빗장을 거는 일은
세상의 호기심을 막아서는 일

지금 나의 일몰이
누군가의 아침일 수도 있어
행간을 두고
한 번 더 돌아볼 수 있게
문을 열어놓는다

고맙습니다

자주 쓰는 문장은
휴대폰 자판이 알아서 기억해준다

감사한 마음 전하고자
'고'만 쳐도 '고맙습니다'
완성된 문장이 마중 나오지만

그 마음
너무 쉽게 증발되는 게 싫어

ㄱㅗㅁㅏㅂㅅㅡㅂㄴㅣㄷㅏ
전해지지 않아도
전하고 싶은 마음 담아
한 자 한 자 꾹꾹 누른다

한국철도 랩터스
—SINCE 1997

야구를 오래 하고

아무리 많이 져 봐도

지는 것에 익숙해지는 팀은 없다

아이들 안부를 먼저 챙기며

함께 나이 들어가는 동료들과

즐겁게 야구를 하려 해도

승패만 선명하게 기억되는 그라운드

자식 세대들과 겨루는 것만으로도

대견하다고 서로 등 두드리지만

지고도 즐거운 경기는 없다

게임이 기울 때마다

책임 소재가 분명한 기록지 앞에서

8번 타자 대신 강타자 영입을 꿈꾸다가도

또다시 8번 타자로 밀려날 누군가를 위해

잘 지는 법을 선택한다

오늘은 상대가 잘 치고 잘 던진 것일 뿐

내일은 우리가 잘하는 것을 찾아

글러브와 배트를 내려놓고
천렵을 계획하는 가늘고 긴 팀

일과시 1
—20주년 합평회

한 살이 모자랐다
키로 나이를 먹는 거라면
까치발만 해도 거뜬할 텐데
서른이 안 됐다고
난 일과시 창립 동인이 되지 못했다
저들은 나이로 시를 쓰는가

일과시 재수를 하면서
아이 둘을 키우는 노동자에게
200자 원고지는
200개의 낭떠러지
가늘고 긴 위험 표지를 피하는 동안
그리움만 한 삽 떠서 보냈던 일과시
스물아홉 시인의 투쟁보다
서른 노동자의 잔업이 아름답다고
철길 곳곳에 시를 뿌리고 다녔다

시로 나이를 써온 지 20년이 되도록

원고지에 빙 둘러앉지 못하고
용접 불똥에 군데군데 쉼표가 찍힌
작업복 詩語들이
설 이후 끊겼던 철근을 다시 둘러메고
바람 빠진 희망버스 부르릉 시동을 켠다
원고지 행간을 넘나들며
죽지 않고 다시 만나는 것만으로도
그날 밤 시 한 편씩은 건졌다

2

부

안부

일주일에 한 번
전화기 저편에서 들리는
작은형 표정에 맞춰
팔순의 엄마는

또 일주일을 산다

어버이날

결혼식 없는 주말
술 약속 피해서
인천 마산 수원
일 끝나는 대로 달려와
안성에 둘러 앉는다

앉는 순간부터
낙장불입
눈에 불을 켜고
컨베이어처럼 판이 도는
1박 2일
외상 없고 개평 없고
화장실은 돌아가면서

50분에 10분 휴식은
지켜지지 않는 말뿐
아침 먹고 고
점심 먹고 고

저녁 먹고 고

스 톱없이 고 고 고

카네이션 대신

홍단을 논하고

코로나 건강 선거 정치

돌고 돌아

똥쌍피에 울고 웃는

팔순 어머니와 예순 아들 셋

그중의 하나

나다

앞장서지는 못하지만
뒤처지면 종종걸음 따라붙고

폼 나게 술값은 못 내도
꼬박꼬박 회비 밀리지 않는

분노하지 못해도 좌절하지 않고
거룩하지 않아도 표변하지 않는

사형제를 찬성하는 진보주의자이고 싶지만
경계와 차별에 반대하는 보수주의자이기도 한

함께는 살아도
똑같이는 살고 싶지 않은

많고 많은 사람들

그중의 하나

손절

아내 말 잘 듣고
밥이며 빨래며 설거지며
집안일도 열심히
아이들 편들어 주고
술 담배 하지 않는 나를
좋은 아빠
착한 남편이라면서도
아내는 아이들에게
아빠처럼 살지 말라고 한다

월급 꼬박꼬박
파업에도 빠지지 않고
해야 할 말은 하면서도
하고 싶은 말은 꾹꾹 참으며
용케 잘 살았다 생각했는데
아빠처럼 살지 말라니

아내는 나를 버렸다

착해빠져서

욕심이 없어서

파도가 넘실대는 세상

출항을 앞둔 아이들을 위해

좋은 사람이라는

공양미 한 줌 쥐여 주고

뱃머리로 나를 몰아세운다

이력서

30년 전 한 번 쓰고
두 번 다시 써본 적 없는데

미싱사를 하다가
노조 상근을 하다가
두 아이 낳고 경력이 단절된 아내는
맥도날드에 나가고
못다 한 공부도 하고
한우리 선생님도 하고
일을 하고 싶어하는 아내는
바른생협에도 다니고
처제와 꼼꼼바느질 창업도 하고
월드크리닝 나 홀로 사장님도 되고
물어볼 때마다 하는 일이 바뀐 아내는
차로 50분 쿠팡도 다니고
보건복지부 조사 요원도 하고
명퇴를 꿈꾸는 나 대신 일을 찾아 나선 아내는
간간이 서류에서 떨어지기도 했지만

내년 12월 홈플러스에서 정년을 맞는다

이제 좀 쉬려나
처음으로 실업급여를 탐한다

아내의 손

오늘도 아내는 한 획을 그었다

거북등에 문자 새기듯
상품을 진열하는 아내의 손에
또 하나의 상형문자가 쓰여졌다

박스 뜯다가
노끈을 끊다가
커터칼로 아로새겨지는 자국들

상처가 덧나지 않는 마데카솔로는
감춰지지 않는 갑골문 유적지
아내의 손

꼼꼼바느질

아내는 꿈을 꾼다
돈 많이 벌어서
아이들 집 사 주고 차 사 주고
그놈의 돈 때문에
우리 아이들 기죽이고 싶지 않아
사장님인 아내가
기를 쓰고 미싱을 밟아 댄다

수원 정자시장 초입 진로마트 위층
운명철학관 옆 205호
달랑 미싱 한 대 니은바리 한 대
허리 휘게 밟아 댈수록
파랗고 누런 돈 대신
눈치 없는 옷들만
깔깔거리며 쏟아지는
꼼꼼바느질

김밥천국

일요일도 없이
새벽에서 한밤중까지
다람쥐 쳇바퀴 도는
공시생 작은 아이가
김밥천국에서 점심을 먹는데

캠핑 계획을 짜기도 하고
돈 걱정을 하기도 하고
걱정도 웃음이 되는
앞 테이블 젊은 부부
김밥 두 줄에 떡라면이
자꾸 틀리던 문제 정답 같았다고

내가 지금 뭐 하고 있는지 모르겠다고
환장할 봄날

아버지도 이러셨겠구나

1

일하느라 전화를 받을 수가 없는데
받아야 끝나는 무한 반복 벨소리
조금 나중에 해도 될 아이의 전화

때르릉 때르릉
아이가 전화를 받지 않으면
일하는데 방해될까 바로 끊는다

2

아이보다 20분 빠른 출근길
예보 없이 비가 온다
먼저 나선 나야 어쩔 수 없지만
곧 뒤따라 나올 너만큼은 젖지 마라고

전화 받을 때까지
때르릉 때르릉 때르릉

사회생활

아르바이트 한번 해본 적 없는 아이가
처음 사회생활을 하는 작은 아이가
하루에 한 가지씩
억울하고 부당하고 못 참겠는
부조리한 일상들을 가져오는데
나 같으면 참겠는데
그래야 결혼도 하고
아이도 키울 수 있을 텐데
차마 참으라는 말을 못 하겠다

부딪치고 부딪칠수록
내 마음만 무너지는
저 거대한 벽
차마 돌아가라는 말을 못 하겠다

아직 눈에 띄지 않겠지만
같이 울어 주고
힘이 되어 주는 사람들 있을 거라고

참지 말고
돌아가지 말고
네가 먼저 그런 사람 되라고

내가 하지 못한 숙제
아이에게 떠맡기지 못하겠다

조암 동서

화순 처갓집에 모여
시국을 논할 때 그는 물러앉는다
자동차 공장에 다니며
고향집에서 농사를 짓는 그는
경제도 잘 모른다며 손사래 친다

정치를 가르고
사회 문화를 봉합하느라
늘 순위가 밀리는 처갓집 보수에
그가 앞장을 선다
이렇게 저렇게 문지르고 바르면
보기 좋게 잘 마무리될 것 같은데
그는 미장부터 하지 않는다
깊고 넓게 판 다음
흔들리지 않게
시멘트와 자갈을 붓는다

잘 섞여야 더 단단해지는 법

사람 마음 움직이는 건
굳고 마를 때까지 기다리는 일
말로 때운 것들이 깨지고
생각으로 지은 것들이 흔들릴 때
저 멀리
햇빛 그을린 그가 보인다

아따 참말로 시상 재미지네

아야 나가 말이여 가끔 울 집 들다봐 주는 최 서방이
고마운께 맨날 천날 먹는 거라 어짤지 몰라도 된장 한
바가지 퍼졌더만은 무담시 비싼 쇠고기를 한 근 끊어
왔더란 말시 그 귀한 걸 내가 어뜨케 먹거써 긍께 벌초
하니라 욕본 성락이헌티 젔제 그란디 그 담날인가 배
상자를 들고 오드라고 그걸 교회 김 집사님 드렸더만
은 시상에나 김을 또 가져다 주시드랑께 그랑께 그 김
이 매실이 대불고 매실이 또 한과가 대불더만 한과가
또 사과가 대불었단 말시

그깟 된장 쪼깐 퍼준 것뿐인디 고거시 발이 달렸는
가 요것 댔다 조것 댔다 함시롱 자꾸만 돌아댕긴다야
시상 참말로 재미지다 하시는 장모님

내 자리

외야 글러브를 챙기다가
혹시 몰라
내야수와 1루수 미트를 챙긴다
챙기는 김에 포수 장비도 넣는다
내 자리가 없는 게 아니라
오늘 비는 자리가 비로소 내 자리

늘 참석 인원이 몇 명인지 헤아려야 하고
지명타자까지 열 명이 넘으면
미리 마음 비워야 하는 자리
가끔 한 자리를 차지하더라도
선수 교체 때마다
벤치에 눈길이 먼저 닿는
열한 번째 선수

일과시 2

―9집, 합천

3년 만에
남들 다 쉰다는
토요일 만나는데도
오전 열 시도 아니고
오후 다섯 시도 안 되고
끝내 자정을 넘기고서도
다 모이지 못하는 일과시
30년 쉬지 않고 몸을 팔아도
단 하루를 온전히 사지 못해
노동이 시가 되지 못하고
시가 혁명이 되지 못하는 시대

읽기 좋게
제목 크기 14
본문 11
오른쪽과 왼쪽 여백 각 60
글자 모양 함초롱바탕
제목과 본문 4칸

합천 농부 정홍 형이 일러준 대로
다시 노동을 쓴다

3
부

몸

그동안 잘 썼다
내 것 같아서 내 마음대로 썼다
하나씩 고장이 나고
이제는 떼어 내고 도려내야 산다
낯선 것을 이어 놓아야
허리가 펴지고 호흡이 돌아오고
내 것 아닌 것이 내 것처럼 보인다

내 詩인들 내 것이겠는가

가지 않은 길

사람들을 기다리고 있었을 거다
매주 수요일
저녁을 거르고 오는 사람들 위해
퇴고도 하지 못한 시 한 편 뒤춤에 꽂아둔 채
넉넉히 라면 물 얹어 놓고 있었을 거다
습작토론회 마치고
사람들 배웅하고 되돌아오는 언덕길
생활이 시가 되지 못할 때
시처럼 살아가고 싶어 했으리라

이제 겨우 자리 잡았는데
상투적이라는 지적에
한 연을 통째로 날려버리고
아직도 심각하게 고민했으리라
사람과 사람 사이에서
시 한 편 제대로 마무리도 못 하면서
대규모 사업장 파업 출정식에
내 시가 호외처럼 뿌려지는 꿈

누군가에게 말이라도 해봤으려나

사랑이나 해봤으려나

출판기념회

청계피복노조로 나를 데려갔던 복학생 형은
내가 그곳에 눌러앉는 동안
주머니를 뒤져 투쟁 기금도 전달하던 가난했던 형은
내가 그곳에서 시를 쓰는 동안
집도 절도 없어서
이른 아침 나를 보초 세우고 학생회관
여자 화장실에서 샤워를 하기도 했던 문창과 형은
나이 예순에 시인이 됐다

돈도 없고 사람만 좋아서
앞으로 어떻게 살지 후배의 걱정을 샀던
형의 첫 시집 출판기념회
삐까뻔쩍한 초대장이 돌려지고
3선 국회의원이 축사를 하고
오케스트라에 맞춰 성악가가 노래를 한다
30여 년 전 나를 데리고 다니며
온몸으로 써 내려가던 형의 시어들은
어느새 너무 뚱뚱해졌다

어디에서 행갈이를 하고
연을 어떻게 나눌지 몰라
갈팡질팡하는 출판기념식장
배불뚝이 형의 시들이
꽃다발에 파묻혀 보이지 않는다

금서

전두환이 노태우가 묶어 세웠던
출판 또는 판매가 금지된 책
스무 살
내가 꼭 읽어야 할 책이었다
담배 살 돈도 없었지만
그 책들은 꼭 사서 읽었다
책이 알려주는 대로
생각하고 실천하고
그렇게 살 작정이었다

늘 꿈꾸지만
발설해서는 안 되는
나에게도 금서는 있었다
제목만 되뇌어도 불온한 책
그렇게 생각하고
그렇게 살다가는
가장 인간다웠던
내 스무 살이 부정당하는 책

전유성 저

조금만 비겁하면 인생은 즐겁다

퇴고

그깟 조사 하나에

세상이 바뀌지 않을 거라는 걸 진즉 알았다

불쌍한 맞춤법 띄어쓰기 잡아서 다그치느니

뚝딱 느낌표로 시 한 편 버무리고

정문으로 달려가 짱돌을 집어드는 게

내 詩에 역동성을 불어넣을 거라 생각했다

분노가 식기 전에

보도블록을 깨서 던지는 그 느낌 그대로

삐뚤빼뚤 받아적는 게 현장성이라 여겼다

군복을 뒤집어 입고 군인들이 정치를 할 때

원고지 한 켠 詩語들이 바리케이드를 쌓고 있었다

꼬물꼬물 벌써 몇 달째, 소품 하나

곪아터지도록 손때 묻히다 보니

지문처럼 젊은 날이 묻어난다

그 시절 먹자골목 변소에서 오바이트하듯

좌고우면하지 않았던 고딕체 詩語들이

우수수 쏟아져 나오는 빛바랜 원고지 한구석

최루가스에 연신 재채기를 해 대던
꽃잎 감성들
한 겹 한 겹 떼어 내서 제자리를 잡아 주니
줄기를 세우고
뿌리를 내려
비로소 향기를 얹는다

겉멋

군대 선임들은
내 명상록을 베껴 연애편지를 썼다
따뜻하다고 했다
여자 꼬시기 딱 좋다고 했다
직장 동료들은 나를
글 잘쓰는 사람으로 인정해 주었다
내 글이 논리적이라고 했다
그러면서 아이 돌 초대장을 써달라고 했다
거절 못하는 나는 바로 못 하겠다고 했다
조합 간부는 연설문을 써달라고 했다
완곡하게 못쓴다고 했다
대자보를 쓰라고 했다 최대한 미루고 미뤘다
멋진 시를 쓰고 싶었다
나를 시인이라고 불러 주는 사람들도
내 시를 보고 싶다고는 하지 않았다
고사문 경위서 탄원서 등
나를 필요로 했던 글들을 미뤄 두고
나는 오래 기억되는 글을 쓰고 싶었다

어쩌다 글이 필요한 사람들에게
나는 쓸데없는 글만 잘 쓰는 사람이었다

Best 댓글

공유하는 아이디로 쓴
아내의 댓글을 지운다
걸러지지 않는 날 선 것들이
내 글로 오해되는 게 싫어
아내가 써 내려간
500개가 넘는
분노와 좌절과 격정을 지운다

낯 뜨거워 차마 읽기도 힘든
욕설 같은 걸쭉한 문장
공감 하나
좋아요 하나
제대로 받지도 못하면서
꿋꿋하게 써 내려간
아내의 순정을 쓰레기통에 비우며

쉼표 하나에도 표정 관리하느라
차갑게 식어버린 내 글에서만큼은

생각이 말이 되는 아내의 댓글을

맨 윗자리로 올려놓는다

전성기

술 한잔 들어가거나
침이 튀어야 제맛이다
다른 기억들은 깜빡깜빡해도
어깨 위로 꽃가루 날리던 그 시절
되는 일이 없어야
더 또렷하게 말해 줄 수 있다

제발 나 좀 알아달라는 꽃말

욕심

남겨 놓으려는 걸 버려야 하는데
버리지 말아야 할 것들이 먼저 버려진다

버릴수록 버려야 할 것들이 더 쌓인다

코로나19

저 혼자 피고
저 혼자 져버린 목련의 시위처럼
올봄은
볼 빨간 참꽃이 달뜨지 않는다
나대기 좋아하는
개나리가 애써 재채기를 참는다

얼굴을 가리고
눈길을 피하는 사람들 대신
과연 오기나 올까 싶은
찬란한 일상을 위해
밭을 갈고
꽃을 피우고
간다는 말도 못 하고 가버린 봄

네 편

이 나이 먹고
안된다는 말은
이제 그만해야겠다
울면서도 가야 하는 길
누구든
자기 편 하나 있어야 하지 않겠는가
손 내밀면
언제든 네 편이라고 해야겠다
발걸음 맞추지 못하고
생각이 조금 다르면 또 어떤가
가보지 못한 길이 늘 궁금했던 내게
너는 새로운 이정표
네 덕에 또 다른 세상을 산다

내가 기억하마

갈 길 바쁜 시대가
일일이 손을 다 잡아줄 수 있으랴
내가 너를 기억하마
그때 내 옆에 네가 있었음을
황량한 들판
바람에 휘청일 때마다
쇠사슬 고리처럼
내 몸 꼭 감싸 주었던 너를
잊지 않고 기억하마

밥이 되는 일상 없이 들끓는 광장은
타거나 설익기 마련
그때 그곳에서 멈춰 버린 함성
네 몸이 다시 기억할 수 있도록
뻔하고 숨 막히는 작업장
촛불처럼
온몸으로 외칠 수 있도록
네 곁에 내가 있으마

돌아오지 않는 봄

—2014년 4월 16일

마지막으로 너를 안아보고 싶어
유가족이 되는 게 소원인 엄마와
네가 못 알아볼까 봐
다시 수염을 깎는 아빠에게
조은화 허다윤
아직도 너는 열여덟

한 살 두 살
나이를 먹어 가는
또래들의 봄날은 가도
네가 돌아올 때까지
해마다 되돌아오지 않는
우리들의 봄

포수 미트

아파트 벼룩시장
아이 옷과 그림책과 장난감 옆
생뚱맞은 포수 미트

프로에 가지 못한 남편이 쓰던 거라고 했다
자신보다
투수의 공이 빛날 수 있도록
온몸으로 받아 내던 멍투성이
버리기엔 소중하고
남겨두기엔 잊고 싶었을
누군가의 젊은 날과
사인을 주고받듯이 눈이 맞았다

직장인 야구 25년차 후보 포수
밤샘 근무 마치고 온 동료의 공을
놓치지 않고 잘 잡아주고 싶어서
집에 데려와
왁스 밥 든든히 먹여 놓았다

일과시 3

—완주 소양, 2023

동인이라고 하면서도
5년 만에 한 번
3년 만에 또 한 번
겨우 모이면서
30년 이어졌으면
친목 모임인가 싶은데
자식 결혼식에도 부르지 않으니
같이 가는 것도 아니고
함께하는 것도 아닌데

내 시가 창피해서
고개를 못 들겠다
서른 살 그 나이가 아닌데
이제 고쳐서 더 잘 쓸 자신도 없는데
일도 시도
대충대충 넘어가지 않는다
밤늦도록 허리 꼿꼿한
노동의 새벽

4
부

봄비

먼 길 돌아왔구나

비 그치니
비로소 꽃 뒤
나무가 보인다

눈

나이는 눈에서 온다
눈앞의 깨알 같은 글자들은
바짝 당겨 읽기 보다
거리를 두어 보는 게 더 잘 보인다
너무나 분명했던 경계들은
조금만 멀어져도 흐릿하다
그전처럼 보이는 대로
또렷또렷 말할 자신이 없어
한 발 더 가까이 가서
깊숙이 본다
마음 담아 본다

내 몸만 모른다

들쑥날쑥 출근 시간
낮 밤이 바뀌고
밥 먹는 시간 따로 없이
손님들의 요구를
온몸으로 받아 적어야 하는
전동차 승무원
고객님의 건강이 가정의 행복이라는
안내 방송을
하루 세끼 꼬박꼬박 챙기면서도
정작 내 몸만 모른다
25,000V 전차선 아래
대롱대롱 매달려 있는
만성피로 위궤양

에베레스트 세르파, 아파

누군가 기억해 줄 걸 기대하며
오르는 것이 아니라면서도
내 발길 닿는 곳마다
저들의 이름이 새겨지는 동안
떠들썩한 환송연은 오늘도 이어지고 있다
먹고살기 위해
내 몸무게만큼
저들의 일용할 양식을 지고 오르는
눈 덮인 출근길
눈물 글썽 아내의 배웅을 받으며
잠든 아이가 따라 밟을까
내 발걸음 지우며 가는 길
보릿고개 언덕, 에베레스트
찰칵찰칵 나부끼는 이국기 앞에
한 발짝 비켜서야 하는 나를
숨을 곳 찾는 바람은 기억해 주려나

하이테크

압력 버튼이 하얀 쌀밥이 되고
알아서 빨래가 삶아져 나오는
기술의 진보에
잔솔가지 군불 지피던 어머니의 부엌에서
해방된 아내는
오늘도
맥도날드 천천점에서
양상추를 썬다
시급 2100원

설날 기차표 예매

줄을 섭니다
한겨울 추위와 나란히
칠순의 아버지가
예순 넘은 어머니가 교대 올 때까지
새벽 4시 남영역
고드름이 되어 갑니다

모자 달린 두툼한 파카 위에
아련한 고향을 한 겹 더 껴입고
철도 다니는 막내네 표까지
조치원 좌석 왕복 네 장
칠순의 아버지와
예순 넘은 어머니가 교대로
고향 가는 줄을 섭니다

금의환향

작은형 대학교에 들어가던 해
싸리나무 꺾어 싸리비 만들듯
어머니는 아들 3형제 묶어
고향 고샅길을 샅샅이 쓸고 다니셨다
복리 이자처럼 불어나던
어머니의 전 재산 우리는
동네 분들께 공손하게 머리를 숙였고
애는 첫째, 애는 대학생 둘째, 그리고 막내
좀처럼 드러내지 않던 고향 말을 꺼내들고
한약방 골목 들어설 때도
사이가 좋지 않았다던 동갑네 집 앞을 지나칠 때도
어머니의 서울살이 설움이 환하게 웃고 계셨다
방금 인사드린 분이 누군지 묻지 않았고
해가 져서 당신의 행복이 눈에 띄지 않을까
마음 급한 어머니는
지나온 골목길 머뭇거릴 새도 없이
타성바지 언덕배기 집 장독대에 올라
서둘러 달이 되셨다

인구주택총조사

인구주택조사원 아내 따라

집집마다 문 두드리며

이름 성별 나이 국적 방 개수를 받아 적는데

38-4번지

2층 다가구 빙 돌아 지층 102호

그 집에 사람이 없다

밤 12시에 들어와

새벽 5시에 일 나가느라

주인아저씨도 코빼기 보기 힘들다는

이름도 나이도 모르는 늘 불 꺼진 집

밤이고 낮이고 문 두드려 대던

15일짜리 대리 국가 아내는

학력을 묻고

수세식 푸세식 화장실을 묻고

방 한 칸뿐인

그 남자의 부끄러움에 동글뱅이를 치면서도

밥은 잘 먹고 다니는지 궁금해하지 않는다

새벽부터 밤늦게까지 불 꺼진 사람들의

땀방울
어디로 흘러들어 가는지
G20 대한민국은 묻지 않는다

거울

머리라도 빗을라치면
얼굴 옆 울보 점에서
갈팡질팡 속마음까지
거울 너머
네가 보인다
양쪽 겨드랑이가 근질근질한
열아홉의 휘파람
하늘로 퍼덕이며 달뜬
너를 보면
까맣게 잊혔던
꼬리뼈가 돋는다

열여덟 딸에게

열여덟이 써 내려간 발걸음에
오답이 어디 있으랴

낯선 길
길을 잃으면
네 자신을 믿어라
새로운 길은 아직 지도에 없는 법
길이 아닌 곳에서 또 다른 길이 시작된다
청춘을 가둘 수 있는 철조망이 어디 있으랴
네 발걸음이 길이다
설령 다시 되돌아온다 해도
네 발길 오간 만큼
새 길은 다져지고 넓어지는 법

열여덟 답안지에 정답은 없다
네 발걸음이 정답이다

한 지붕 두 가족

모처럼 휴일 잘 쉬고 나왔더니
복도가 다가와서 알고 있었냐고 묻고
숙직방이 문을 열고 하소연을 한다
저들에게 새벽마다 바깥소식을 전해 주던
전입 동기 청소 아주머니를
이렇게 떠나보내는 게 말이 되냐고
여린 감성 세면대가 울먹울먹
몰랐다고 정말 몰랐다고 변명을 해도
대걸레 자루는 하루 종일 퉁퉁 부어 있었다
사무소 창단 멤버 한솥밥 10년
마루가 닳도록 쓸고 닦고 걸레질 해도
작업복 색깔이 다르다고 끝내 열리지 않는 문
한 지붕 두 가족
거창한 송별회에 꽃다발은 아니더라도
종이쪽지 한 장 붙여 놓지도 않고
밥 한 끼 대접도 못 하고 떠나보내는 게
그 잘난 너희들 세상이냐고
휴지통 쓰레기들 나자빠지고

무데뽀 변기통이 게거품을 문다

저 잘 있습니다

흑석동 계단을 숨차게 오르던 내 스무 살은
하나도 변하지 않고
천안 청량리 간 지하철 1호선 운전실에 잘 있습니다
결혼도 하고
뱃살도 오르고
머리 빠지지 않는 것 말고는
덕분에 다 잘 있습니다
써클룸 쓰레기통을 넘나들며
풋내 풀풀 풍기던 詩語들도
뒤 베란다 먼지들과 사이좋게 잘 지내고 있습니다
호랑이 담배 피던 시절
성제 兄 말씀 3장 16절이 낭독되던 그때
비타민이 아닌 사과가 되고 싶었던 초롱초롱 눈빛과
써클룸 탁자 위에 넘쳐났던 소주병과 새우깡
그리고 담배 연기에 자욱이 가려졌던 革命
뭐 그런 거 다 잘 있습니까?

발

문

선한 싸움을 마친 노동자 시인에게 바치는 헌사

조호진(시인)

프롤로그─삐라쟁이에 대한 추억

문학보다 노동을 앞세운 '일과시' 동인들의 인생이 붉디붉어진 것은 '삐라쟁이'(선전활동가) 김명환 시인 때문이 아니라고 할 수 없을 것이다. 1980년대 『노동해방문학』의 문예창작부장이던 그는 창원, 부산, 여수 등지에 살던 철근쟁이 김해화 시인을 비롯한 노동자 시인들을 찾아다니면서 포섭했다. 어떤 시인도 그를 경계하지 않은 것은 까닭 없이 선한 눈망울과 어리숙한 말투 때문이었다. 그의 어리숙함은 빨갱이들이 빨간 물을 들일 때 쓰는 전형적인 수법인 줄 알았는데 그와 50년 넘게 사귀어 보니 그는 어리숙한 체하는 사람이 아니라 어리숙한 사람이다.

　김명환의 외삼촌은 『난장이가 쏘아올린 작은 공』(이하 '난쏘공')의 저자 고(故) 조세희 선생이신데, 난쏘공이 공전에 히트하면서 유명 작가가 되었음에도 선생께서는 베스트셀러 작가로 각광 받기를 거부하고 탄광촌의 아이들과 도시 빈민 그리고 농민 등 소외된 민중 편에서 불편하고 외로운 삶을 사셨다. 조카인 김명환은 어용 노조였던 철도노조의 민주화와 노동자 해방 투쟁을 선전하는 서울지역운수노동자회 기관지 『자갈』 편집장과 '철도노조 전면적 직선제 쟁취를 위한 공동투쟁본부' 기관지 『바꿔야 산다』 편집장 등으로 선전활동가의 외길을 묵묵히 걸었다. 심장에선 적기(赤旗)가 나부낄지라도 투쟁을 선도하는 진짜 노동자는 한없이 겸손한 자세로 낮아져야 하는데 김명환이 딱 그랬다.

　김명환은 아무리 봐도 외탁이다. 가난하고, 짓밟히고, 외롭고, 서러운 민중 속에서 한평생을 사신 조세희 선생은 애민(愛民)의 마음으로 뜨거웠고, 이들을 위한 희생과 헌신의 생을 사셨음에도 한 번도 핏대를 세우며 주장을 한 적이 없으셨고, 자신의 욕망을 위해 민중을 팔아먹은 적 또한 없으셨다. 김명환 시인이 딱 그랬다. 회사 측의 탄압으로 외떨어진 시골 역으로 쫓겨갔을 때도 어리숙한 표정이었고, 파업과 투쟁의 삐라를 살포했을 때도 건방

지고 오만한 표정을 짓지 않았다. 김명환 시인처럼 희생과 헌신의 낮은 자세로 임하는 선진 지도자들이 10퍼센트 정도만 됐어도 지금처럼 대중들에게 외면당하지 않았을 것이다. 노동해방의 세상은 적의와 분노, 강력한 투쟁만으로 도래하지 않는다는 것을 나는 뒤늦게 깨달았다.

1989년 4월에 창간한 『노동해방문학』이 독재정권의 전방위적인 탄압을 견디지 못하고 1991년 1월호로 종간하고도 한참 지난 어느 때였다. 김명환 시인이 특유의 어리숙한 모습으로 "조 시인, 미안해!"라고 사과했다. 뜬금없는 사과여서 어리둥절했는데 자초지종을 들어보니 사과할 만한 사건이었다. 하지만 사과는 김 시인이 아니라 나의 원고를 압수하고 돌려주지 않은 공안 당국이 해야 마땅했다. 내 시집 원고를 압수해 간 사건, 뿌리뽑힌 삶으로 떠돌아다니던 시절이어서 기억 저편, 까마득한 사건이었는데 기억을 되짚어 보니 내막은 이랬다.

김 시인이 나에게 시집을 묶어내자면서 노동해방의 거친 시들을 요청했고 얼치기 노동자 시인이었던 나는 붉디붉은 시들을 타이핑해서 건넸다. 사본은 없었다. 나를 구로공단 프레스공으로 취업시킨 김 시인은 마창(마산·창원)을 비롯해 전국을 다니면서 노동문예 일꾼들을 조직하느라 바빴고 사노맹(남한사회주의노동자동맹)의 입장과 노선을 대변하는 월간 문예지였던 『노동해방문학』은 얼굴 없는 시인 박노해를 비롯한 문예 전사들이 노동해방투쟁에 대한 정치 평론, 문예 비평, 투쟁 수기, 시와 소설 등을 담아 펴내면서 노동해방 투쟁을 고취하고 독려했다.

하지만 공안 당국은 지켜보지만은 않았다. 1991년 3월, 공안 당국의 수배를 받았던 얼굴 없는 시인 박노해가 안기부(국가안전기획부)에 검거됐다. 노동해방문학은 박노해 시인이 검거되기 몇 달 전에 공안 당국에 의해 전방위적인 압수수색을 당했고, 그 과정에서 김 시인이 시집으로 묶기 위해 요청했던 나의 원고도 털린 것이었다. 압수해 간 원고 반환 청구 소송을 하고 싶어도 시효가 한참 지난 상태여서 쓰라린 추억으로 곱씹을 뿐이다. 그러므로, 김명환 시인이여! 사과는 원고를 탈취해 간 자들이 해야 옳은 것이지 낮은 곳에 임한 그대가 하는 것은 옳지 않으므로 그대의 사과를 사하노라!

두 철도 노동자

삐라쟁이 김명환은 노동해방문학이 와해되자 전태일문학상 담당자로 활동지를 옮겼다. 노동해방문학 동지와 연애하던 그가 결혼을 결심했다. 연애도 김명환처럼 했다. 말주변이 없는 데다 돈도 없는 그의 연애는 오늘도 걸고, 내일도 걷는 '나그네 설움' 같은 방식이었다. 결혼하려면 돈이 필요했다. 그가 일거양득으로 선택한 것이 철도청에 취직하는 것이었다. 어용 노조 민주화와 생계 보장을 위해 철도청에 입사하면서 전태일문학상 후임으로 삼은 상근자가 청년 이한주다. 군에서 갓 전역한 이한주 또한 김명환의 어리숙함에 당한 것이다. 중앙대 국문과 출신인 이한주는 대학 교지 편집위원으로 활동하던 1986년에 전태일기념관에 취재하러 방문한 적이 있어서 낯설지 않은 탓도 있었을 것이다.

> 매주 수요일
>
> 저녁을 거르고 오는 사람들 위해
>
> 퇴고도 하지 못한 시 한 편 뒤춤에 꽂아둔 채
>
> 넉넉히 라면 물 얹어 놓고 있었을 거다
>
> 습작토론회 마치고
>
> 사람들 배웅하고 되돌아오는 언덕길
>
> 생활이 시가 되지 못할 때
>
> 시처럼 살아가고 싶어 했으리라
>
> —「가지 않은 길」 부분

1989년 군에서 전역한 이한주는 청피노조(청계피복노동조합)가 생활 야학의 일환으로 운영하던 문학반 강사로 활동했다. 배고픈 누이들에게 풀빵을 사준 전태일 열사처럼 살고 싶었던 청년 이한주는 하루의 노동을 마치고 달려오는 여공들의 배고픔을 달래주기 위해 물을 끓였다. 어린 누이들은 그가 끓여준 라면으로 허기만 달랬을까. 이한주는 시인의 꿈을 꾸는 어린 누이들과 각자 써온 습작품을 놓고 토론하면서 삶을 아파하고 생을 고민했다. 시는 언어의 유희인가? 아름다운 시란 무엇인가? 삶의 애환과 노동의 고단함이 배제된 시는 가난한 노동자들이 살 수 없는 백화점 물건처럼 허황할 뿐, 그래서 이한주는 생활이 시가 되고, 시가 생활이 되는 시인이 되고 싶었다. 전태일 열사가 노동자의 권리를 위해 몸을 사른 것처럼 파업 출정식에 뿌려지는 삐라 같은 노동해방의 시를 생산하고 싶었다.

　이한주도 김명환처럼 동지와 연애했다. 그의 연인은 청피노조 교육부장이었다. 이한주도 김명환처럼 사랑하는 동지와 백년가약을 맺고 싶었다. 문제는 돈이었다. 전태일기념사업회가 주는 상근비로는 혼자 사는 것도 빠듯했다. 그때, 철도청의 오류역 수송원으로 일하던 김명환이 철도청 입사를 권했다. 이틀 중에 하루만 일한다고, 일하는 하루 중에서도 반만 일하면 된다고, 세상에 이런 직장이 어디 있냐는 말에 철도청 입사 시험을 봤고 합격했다. 그런데 입사 후에 알고 보니, 한 달에 노동자가 몇 명

씩 죽어 나가는 위험한 일터였고, 힘들고 더러운 일들을
감당해야 하는 일터였다. 김명환과 이한주가 철도 노동
자가 된 까닭이 단순히 생계에만 있었다면 그냥 튀었을
것이다. 하지만 이들에겐 철도노조 민주화란 사명감이 있
었다.

세상이 앞만 보고 달릴 때
나는 늘 뒤돌아 있었다

넘어지는 사람은 없는지
흘리고 가는 것은 없는지
언제라도 손 내밀 준비를 하며
뒷걸음질로 다시 살피며 간다

—「1호선 전동열차 차장」 전문

언제였을까? 1호선 전동차를 타고 어디론가 가고 있었
다. 전동차 스피커에서 안내 방송이 흘러나왔는데 귀에
익은 목소리였다. 1호선 전동열차 차장 이한주였다. 온화
하고 부드러운 그의 목소리를 듣는 승객들은 편안함을
느꼈을 것이다. 무한경쟁과 각자도생의 세상 사람들은 앞
만 보고 달린다. 심지어 앞에선 경쟁자를 짓밟으면서 달
리기도 한다. 그런데, 차장 이한주는 "넘어지는 사람은 없

는지/ 흘리고 가는 것은 없는지/ 언제라도 손 내밀 준비
를 하며" 산다. 아, 이한주 시인의 선한 눈빛과 온화한 목
소리를 생각하면 마음이 따뜻해진다. 그가 운전하는 삶
의 아름다운 열차를 타고 사람들이 사람답게 사는 사람
의 마을에 가고 싶다.

　　빠르고 바쁜 것들은 못 본 체 지나치고

　　맘 약한 몇몇만 멈춰 서는 오산역

　　개찰구 문을 열면

　　고단을 이고 계단을 오르던 사람들

　　기다렸다는 듯이 보따리를 풀어 놓는다

　　묻고 또 묻고

　　가장 잘 보이는데 큼지막하게 붙여 놓은 것들을

　　믿지 못하고

　　20년 전동차 차장을 하다가 쫓겨온 내게

　　조치원 가는 차가 맞는지 다시 묻는다

　　손에 쥔 기차표보다

　　초짜 역무원 한마디에

　　안심하고 계단을 내려서는 사람들

　　그들의 불안을 오산역 기둥에 단단히 묶어 두고

　　안녕히 잘 가시라 배웅 인사 하는데

　　한 달 전 아내를 여의었다는 초로의 사내가

다시 돌아갈 길을 찾아 서성이는 내게

　　이제 어떻게 살아야 하냐고 묻는다

—「오산역」 전문

　　이한주 시인 또한 김명환 시인처럼 쫓겨갔다. 20년 경력의 전동차 차장이면 번듯하고 편한 역으로, 높은 자리로 상승해야 하건만 파업 이후 노조 힘 빼기 일환으로 그는 "빠르고 바쁜 것들은 못 본 체 지나치고/ 맘 약한 몇몇만 멈춰 서는 오산역"으로 강제 전출됐다. 그 오산역에서 초짜 역무원으로 근무하던 그는 "고단을 이고 계단을 오르는 사람들"과 "한 달 전 아내를 여의었다는 초로의 사내"를 만났다. 그가 선한 시인이 아니었다면, 그래서 복귀 투쟁에만 전념하는 노동자였다면 짠한 이웃들이 눈에 들어오지 않았을지도 모른다. 쫓겨난 이한주 시인은 낯선 길이 불안해서 묻고 또 묻는 가난한 승객들에게 친절하게 안내하면서 안녕히 가시라는 배웅 인사를 한다. 그러나 권력을 가진 자들이 휘두르는 착취와 탄압의 칼날은 멈추지 않고, 이들에게 정당한 권리를 빼앗긴 억울한 사람들의 정의로운 투쟁은 벼랑 끝으로 내몰려 위태롭다.

　　74일 동안 광장을 떠돌다가

　　늦은 여름이 겨울 되어 돌아왔건만

누구 하나 버선발로 뛰어나오지 않는다

등 떠밀려 들어온 바짝 약이 오른 파업 복귀

한 놈만 걸려라 도끼눈 치켜뜨는데

급하게 벗어놓았던 작업복은

자다 나온 듯 뒷머리 긁으며

이제 오냐고 한다

마치 어제저녁 퇴근했다

오늘 다시 출근하는 것처럼

행로수첩도 시간표도 가방도

모두들 제자리에서

까딱 고개만 돌려 맞는다

—「몸이 기억하고 있다」 부분

2016년 철도노조는 공공노조 역사상 유례가 없는 74일 간 총파업을 진행했다. 철도공사의 일방적인 성과연봉제 도입이 쟁점이었다. 성과연봉제는 재벌의 이익을 대변하는 전경련(전국경제인연합회)의 청원에 의한 대통령 중점 관심 사항으로 노동부 장관이 총대를 메고 추진하면서 철도노조의 반발을 샀다. 철도공사는 노조의 수차례 교섭 요구를 끝까지 거부했고 이 사안이 노사의 문제가 아니라 정치적 문제라는 것을 확인한 철도노조는 '최순실 게이트'와 박근혜 정부의 불법과 무능을 탄핵하는 촛불시위에 주도적으로 참여하면서 사회개혁의 목소리를 높였다.

그해 9월 12일 늦여름에 시작된 파업은 12월 겨울이 되어 끝났다. 진짜 노동자였던 시인은 승리의 깃발을 휘날리며 복귀하고 싶었는데 그렇지 못한 파업 중단 결정이 불만이었다. 74일이 아니라 150일 파업을 해서라도 사측이 그동안 휘두른 해고와 손해배상 소송 등의 횡포를 진압하고 싶었다. 그런데, 그런 승리를 거두기엔 정세와 형국은 물론 조합원들의 동요도 심상치 않았다. 그래서, "등 떠밀려 들어온 바짝 약이 오른 파업 복귀/ 한 놈만 걸려라 도끼눈 치켜뜨는데/ 급하게 벗어놓았던 작업복은/ 자다 나온 듯 뒷머리 긁으며/ 이제 오냐고 한다". 철도공사(코레일)는 언론을 통해 철도노조 간부와 핵심 조합원 대량 징계를 공언했다. 철도공사는 이미 2009년과 2013년 파업 당시에 조합 간부 구속과 대량 해고, 조합원을 대량 징계했다. 하지만 2016년에는 74일이란 최장기 파업에도 징계도 손배소송도 하지 못했다. 철도노조를 비롯한 시민사회, 그리고 전 국민의 열화와 같은 촛불 집회를 통해 모든 권력의 주인은 노동자와 민중이라는 사실을 입증했기 때문이다. 끈질겨야 이기는 것이 아니라 이기는 싸움을 해야 이기는 것이다. 지는 싸움을 하면 망할 뿐 아니라 대중의 배신과 패배의 쓴잔을 마셔야 한다.

동식물들도 살기 위해서 투쟁한다. 떡 하나만 주면 안

잡아먹는 호랑이는 없다. 한 발 한 발 양보하다 보면 벼랑 끝으로 내몰린다. 그래서, 자본가의 횡포에 대항하기 위해 노조를 결성하고, 착취에 맞서기 위해 파업을 한다. 파업을 위해 파업하는 노동자는 없다. 노조는 파괴 집단이 아니다. 노조는 무뢰배들도 아니다. 그런데, 자본가와 유착된 언론들은 투쟁하는 노동자들을 반사회적 집단으로 매도한다. 하지만 노동자들은 싸움꾼이 아니다. 그들이 원하는 건 정당한 노동이다. 세상이 많이 좋아졌다고 하지만 노동자는 여전히 약자다. 억울함을 감당해야 할 때가 한두 번이 아니다. 가슴은 억울함을 삼키고 숙련된 몸은 주어진 노동을 해야만 한다. 파업에서 복귀한 시인은 '그놈의 운전실을 벗어나고 싶었는데 파업에서 돌아온 몸은 먼저 자리 잡고 않는다'고 고백한다. 자본가와 권력자는 수시로 약속을 깨트리며 권모술수를 부리지만 노동자들은 괴롭고 힘든데도 정직하고 근면한 노동의 운전대를 잡는다. 어쩌면 노동자는 노동을 숙명처럼 사랑하는지도 모른다.

다시 새벽 출근이 끔찍하기만 한데
지하 구간이 낯설기도 하련만
두어 달 만이니 적응할 시간을 달라고
투정도 하고 하소연도 하고 협박도 하면서

웅크린 마음 펴질 시간이 필요했는데

덜컹이는 운전실

벗어나고만 싶었던 그놈의 운전실을

몸이 먼저 자리 잡고 앉는다

—「몸이 기억하고 있다」부분

잘난 체하지 않는 시 동인 '일과시'

90년대 초였을 것이다. 일과시 동인들은 민족문학작가회의 시국 농성장을 방문했다가 크게 실망했다. 붉은 머리띠 질끈 동여매고 두 팔을 하늘로 뻗으면서 노동해방을 외치며 철의 노동자를 부르던 노동자 시인들의 눈에 어영부영 농성하며 술잔을 기울이는 작가들의 모습이 들어왔던 것이다. 그때, 일과시 동인들은 문학이란 허울 아래서 노동하지 않는 자들, 룸펜처럼 기생하며 사는 자들, 노동을 폄훼하는 쁘띠부르주아지들과 어울리지 말자면서 발길을 돌렸다.

일과시는 1993년 제1집『햇살은 누구에게나 따스히 내리지 않았다』(과학과사상)를 펴내면서 출발했다. 세상을 등진 동인도 있고, 암 투병 중인 동인도 있고, 여전히 공사판을 떠도는 비정규직 노동자도 있고, 정년퇴직한 노동자도 있고, 자식들을 결혼시킨 동인은 여럿이고, 손자를 본 할아버지들도 여럿 있으니 참 오랜 세월이 흘렀다. 지난 2014년 펴낸 일과시 20년 맞이 기념 시집 『못난 시인』(실천문학사)이란 제목처럼 누구 하나 잘난 체를 하지 않아서인지 30년이 넘도록 유지되고 있다. 험한 세상을 어질게 살아온 동인들은 서울, 수원, 용인, 구례, 임실, 합천 등지에 흩어져 살다가 때가 되면 모여 돋보기 너머로 시를 읽고 품평하면서 착하게 술잔을 기울인다.

동인이라고 하면서도

5년 만에 한 번

3년 만에 또 한 번

겨우 모이면서

30년 이어졌으면

친목 모임인가 싶은데

자식 결혼식에도 부르지 않으니

같이 가는 것도 아니고

함께하는 것도 아닌데

―「일과시 3―완주 소양, 2023」 부분

이한주 시인은 1995년에 펴낸 제2집 『아득한 밥의 쓰라림』(지평)부터 참여했다. 물갈이가 되지 않은 탓에 2024

년 올해로 쉰아홉인 이한주 시인이 막내뻘이다. 30년 넘은 일과시가 펴낸 동인지는 지난 2018년에 펴낸 제9집 『고공은 따로 있지 않다』(푸른사상)가 마지막이다. 문학 생산성이 극히 저조한 일과시가 30년 넘도록 해체되지 않은 연유는 무엇일까? 일과시는 분명히 계 모임이 아니다. 계 모임이었으면 진즉 깨졌을 것이다. 모은 곗돈도 없고 계주도 없으니 말이다. 케케묵은 일과시가 깨지지 않은 가장 큰 연유는 청피노조 문학반 강사 출신의 선한 사람인 이한주 시인 때문이라고 나는 굳게 믿는다. 이 시인은 실무 간사처럼 연락부터 시작해서 원고를 모아서 복사하고, 배포하고, 모임에서 먹을 술과 음식 등의 장보기 등 궂은일을 불평 한마디 없이 해낸다. 게으르기 짝이 없는 '일과시'에 착하고 성실한 이 시인이 없었다면 아무도 나서지 않으므로 아무도 모르게 고사(枯死)하는 나무처럼 조용히 해체됐을지도 모른다.

지난 2023년 모임은 전북 완주에서 암 투병 중인 김용만 시인의 시골집에서 이루어졌다. 이 모임이 성사된 것 또한 성실하고 예의 바른 이한주 시인의 수고 덕분이다. 이 시인의 시처럼 "같이 가는 것도 아니고/ 함께하는 것도 아닌" 일과시가 30년 세월 동안 깨지지 않은 또 다른 배경은 동인들의 선한 품성 때문일 것이다. 김명환 동인은 여전히 어리숙하고, 미당문학상 후보에 오르는 것조

차 거부했던 거리의 시인 송경동 동인은 여전히 겸손하고, 지난 2023년 출간한 동시집 『골목길 붕어빵』(상추쌈)으로 제15회 권정생문학상을 수상한 서정홍 동인은 "이 상을 받을 자격이 없는데, 받게 되었어요. 어찌 살아야 권정생 선생님 이름을 그대로 지킬 수 있을까요? 걱정이 태산 같다"는 소감을 밝혔고, 암 투병을 하면서 KBS 다큐 〈자연의 철학자들〉에 출연하고, 첫 시집 『새들은 날기 위해 울음마저 버린다』(삶창)를 펴내면서 언론 등에서 주목받고 있는 김용만 동인은 돌담을 작품처럼 쌓고 꽃과 식물을 소담스레 키우며 산다. 이 정도면 자랑하고 잘난 체해도 되겠건만 일체 잘난 체하지 않는다.

내 시가 창피해서

고개를 못 들겠다

서른 살 그 나이가 아닌데

이제 고쳐서 더 잘 쓸 자신도 없는데

일도 시도

대충대충 넘어가지 않는다

밤늦도록 허리 꼿꼿한

노동의 새벽

—「일과시 3—완주 소양」 부분

조금은 늙고 병들었지라도 동인들이 모였다 하면 술에 취해 푸념이나 하다 흩어지는 것이 아니라 노동의 새벽을 기다리는 것처럼 허리를 꼿꼿이 세우고 밤이 이슬을 맞도록 품평을 한다. 서로를 베는 무자비한 품평이 아니라 삶의 수고를 위로하고 격려하면서 힘을 북돋는 품평을 한다. 30년 넘는 세월 동안 술주정을 하거나 깽판을 놓은 동인은 한 명도 없었다. 일과시 동인들은 강철 노동자처럼 견결하진 못했으나 지면 한 푼을 얻으려고 문단을 어슬렁거리는 시인 나부랭이들과는 삶의 결을 달리하고 살았다. 정직한 삶과 진실한 노동으로 30년 세월을 살아왔는데 그에 무엇을 얻겠다고 탐할 것인가. 동인 활동 30년 동안 얻은 것은 선한 삶들이 조금은 가난하고 쓸쓸해서 조금씩 흔들릴지라도 선한 삶의 길에서 이탈하지 않는 묵묵함이다. 세월이 아무리 흘러도 늙지 않는 전태일 열사처럼 내년이면 환갑인데도 청피노조 문학청년의 맑은 눈빛을 잃지 않은 이한주 시인이 일과시의 간사 역할을 계속 맡아준다면 앞으로 10년은 거뜬히 이어질 것이고, 우리들은 조금 더 늙을지라도 시인의 길을 포기하진 않을 것이다.

에필로그—시인의 대지에 시의 꽃을 피우시라

탐욕에 찌든 천민자본주의 대한민국은 성공지상주의 국가다. 이 나라에서 대다수의 진로 방향은 오직 상승이다. 신분이든, 주거지든, 연봉이든, 결혼이든, 자식이든 뭐든지 간에 저 높은 곳을 향해 질주하고, 새치기하고, 짓밟고, 속이기를 주저하지 않는다. 욕망의 엘리베이터에 탑승하기 위해서라면 상대가 약자일지라도 밀어낸다. 심지어, 욕망의 정점을 찍기 위해서라면, 최후의 일인이 되기 위해서라면 상대를 죽이길 서슴지 않는 비인간적인 세상이다.

선한 사람은 탐욕을 쫓는 인간을 이길 수 없다. 노동자 계급이라고 예외일 수 없다. 파업 투쟁을 선도했다가 해고된 노동자들을 지원하기 위한 모금이 진행되자 의리라곤 개뿔도 없는 야비한 노동자들은 파편이 튈 것을 우려한다. 룸살롱에서 양주를 마실 돈은 있을지라도 동지였던 노동자들의 생계를 지원할 모금은 아까워서 조합을 탈퇴하는 비루한 노동자가 어디 한 둘인가. 어디 그들뿐인가. 비정규 노동자와의 연대와 지원보다는 학벌과 아파트 등의 상승에 목을 매단 귀족 노동자들은 괜찮은가. 노동자의 이름을 팔아서 한 자리를 차지한 소영웅주의자들은 어떤가. 권력과 자본에 영혼을 팔아서 이권을 챙긴

두 얼굴의 기회주의자들은 어떤가.

　　적금을 붓고

　　연금도 알아보고

　　10년 전부터 명예로운 퇴직을 꿈꿨다

　　명퇴금으로 빚을 갚고

　　빈둥빈둥 놀 사무실을 얻고

　　하고 싶지 않은 일은 하지 않으면서 살고 싶었다

　　그만둔다는 소식을 듣고

　　정년까지 같이 가자던 동료들이

　　할 일이 있냐고 묻는다

　　이제 나를 위해 살아보겠다고 하니까

　　얼마나 가겠냐고 웃는다

　　나도 그럴 것 같아서

　　아무 계획이 없는

　　퇴직 후 계획을 말하지 못하고

　　웃는다

—「명퇴」 전문

　　삐라쟁이 김명환은 2019년 정년퇴직했고 전동열차 차

장이었던 이한주는 2024년 명예퇴직을 했다. 그럴싸한 노후 대책도 없이, 철도 노동자를 전관예우 해주는 일자리도 없이, 그냥 아무 계획 없이 퇴직했다. 청피노조 교육부장이었던 이한주의 아내는 딸(29세)과 아들(27세)을 기죽게 하고 싶지 않았다. 다른 부모처럼 자식들에게 뭔가 해주고 싶었던 그의 아내는 치열한 삶의 현장에 뛰어들었다. 착한 남편은 파업에 앞장설 뿐, 한 건 또는 한탕 할 줄 아는 나쁜 남자들처럼 검은돈 한번 구해올 줄 모르고, 그런 돈을 바라지도 않으니 생의 전선에 온몸을 던지고 또 던졌다.

미싱사를 하다가

노조 상근을 하다가

두 아이 낳고 경력이 단절된 아내는

맥도날드에 나가고

못다 한 공부도 하고

한우리 선생님도 하고

일을 하고 싶어하는 아내는

바른생협에도 다니고

처제와 꼼꼼바느질 창업도 하고

월드크리닝 나 홀로 사장님도 되고

물어볼 때마다 하는 일이 달라진 아내는

차로 50분 쿠팡도 다니고

보건복지부 조사 요원도 하고

명퇴를 꿈꾸는 나 대신 일을 찾아 나선 아내는

간간이 서류에서 떨어지기도 했지만

내년 12월 홈플러스에서 정년을 맞는다

—「이력서」 부분

그의 아내는 "아내 말 잘 듣고/ 밥이며 빨래며 설거지
며/ 집안일도 열심히/ 아이들 편들어 주고/ 술 담배 하지
않는 나를/ 좋은 아빠/ 착한 남편이라면서도/ 아내는 아
이들에게/ 아빠처럼 살지 말라고 한다"(「손절」). 그도 그럴
것이 착하고, 욕심 없이 살 뿐만이 아니라 의로운 노동자
로 당당하게 산 대가로 겪은 삶의 고통을 자식들에게 물
려주고 싶지 않은 것이 엄마의 당연한 마음이 아니겠는
가. 그의 아내가 억척같이 살면서 맞벌이를 하지 않았다
면 그는 명예퇴직을 꿈조차 꾸지 못했을 것이다. 그러므
로, 착한 남편을 끝까지 부양해 줄 이한주 시인의 아내에
게 감사와 존경의 박수를 보낸다.

철도 노동자 김명환과 이한주는 밀알 같은 노동자였
다. 진정한 노동해방의 대지는 자신을 희생하고 헌신하
는 밀알이 있을 때 풍성한 열매를 거둘 수 있는 옥토가 된
다. 그런데, 투쟁의 대지는 욕망의 구호로 아수라장이 되

면서 아무리 객토해도 열매를 거두기 힘든 대지로 전락했다. 고액의 연봉을 받는 공기업과 대기업 노동자들은 자신보다 더 힘겨운 영세기업 노동자와 비정규직 노동자를 위해 자신의 몫을 내려놓는 배려와 연대의 세상을 별로 꿈꾸지 않는다. 욕망의 엘리베이터에 탑승하기 위한 아귀다툼에는 자본가와 노동자, 강남과 변두리의 차이가 별로 없다. 헤게모니 투쟁에 혈안이 된 노동 귀족들은 한 줌도 안 되는 권력을 차지하기 위해 소외된 노동자들의 피눈물을 외면한다.

선한 싸움을 마친 김명환과 이한주 시인이여. 그대들 투쟁의 목표는 욕망이 아닌 정의로운 노동이었고, 그 싸움에서 자신을 희생하고 헌신했으므로 그대들의 가슴에는 붉은 훈장이 달리지 않을 것이다. 밀알처럼 살면서 피운 그대들의 소박한 꽃들은 노동의 대지에 간간이 퍼지겠지만 반성처럼 아로새겨질지는 의문이므로 마음에 두지 않기를 바란다. 그러므로 이제는 조직이 아닌 그대 자신과 가족을 위해 살았으면 좋겠다. 이제는 노동해방의 깃발을 내려놓으시라. 노동자 시인이 아닌 그냥 착한 시인으로 돌아와서 삶의 아름다운 시로 꽃을 피우기를 부탁한다. 선한 사람은 결코 욕망의 땅에서 꽃을 피울 수 없으므로 욕망으로 엉망진창이 된 땅을 그들은 포기하지 않을 것이므로 인간애로 따뜻한 그대들의 땅에 씨를 뿌리고 거두는 시의 농부로 살기를 부탁한다. 비루한 자들보다 더 아름다운 시를 풍성하게 생산하기를 당부한다. 사실, 우리는 반성해야 한다. 삶에선 너무 성실하고 치열했던 반면 시인으로선 게으른 생산자였던 것이 사실이었으므로 실로 깊이 뉘우치고, 삶이 깊어지는 만큼 아름다운 삶의 시로 뒤늦게라도 끗발 올리면 참 좋겠다.

삶창시선

────